Le baptême de l'air

Françoise Clairet est née à Neuilly-Plaisance en octobre 1966. Après des études d'orthophonie, elle travaille d'abord dans un centre avec de jeunes déficients visuels, où elle participe à un atelier conte, puis au sein d'un cabinet. C'est en racontant des histoires à ses trois enfants que lui vient le goût d'en écrire à son tour. Elle a déjà publié plusieurs récits dans des magazines pour enfants, et conçoit aussi des jeux éducatifs.

Stanislas Barthélémy est né à Rennes en 1961. Diplômé de l'École des Arts Appliqués de Paris, il a publié plusieurs albums de bandes dessinées pour enfants et adultes, ainsi que des romans. Ses ouvrages sont publiés aux éditions Bayard, Syros et Nathan.

Le baptême de l'air

Une histoire écrite par Françoise Clairet
illustrée par Stanislas Barthélémy
et mise en couleurs par Dominique Thomas

mes premiers
j'aime lire
BAYARD POCHE

Chapitre 1

Un cadeau inoubliable

Mes grands-parents habitent à côté d'un aérodrome. Le premier jour des vacances, mon pépé m'a emmené voir les avions. Il m'a pris par l'épaule et nous sommes restés à regarder les pirouettes qu'ils faisaient dans le ciel. Pépé s'est tourné vers moi :

– C'est beau, hein, Maxime ! Eh bien, l'été prochain, c'est toi qui seras là-haut !

Je l'ai regardé, sans trop comprendre. Pépé a continué :

– Dès que tu sauras lire, je t'offrirai ton premier tour en avion : ton baptême de l'air ! C'est la tradition dans la famille ! Tu verras, mon grand, ce sera inoubliable !

J'ai fait un pâle sourire. Quand je monte sur une échelle, j'ai déjà le tournis. Alors, rien que de penser à l'avion et à ses pirouettes, j'ai senti mon petit déjeuner qui remontait.

Tout l'été, j'ai tourné la question dans ma tête : comment échapper à ce terrible baptême de l'air ? Et puis, j'ai trouvé la solution. Puisque mon pépé devait m'offrir ce cadeau quand je saurais lire, eh bien, il me suffisait de ne pas apprendre à lire !

En septembre, quand je suis arrivé en classe, j'étais bien décidé à ne pas écouter la maîtresse.

Et puis mademoiselle Jeanne est entrée. Elle avait l'air gentille et, en plus, elle était jolie. Mais bon, je n'allais pas m'écrabouiller en avion pour lui faire plaisir !

La maîtresse nous a montré l'alphabet, elle a écrit des phrases au tableau.

Moi, j'étais content de voir toutes les petites lettres qui se ressemblaient. Je me disais que ça allait être facile de s'embrouiller et de ne rien apprendre.

Hélas ! Au bout d'un mois, je savais déjà lire le nom de tous mes copains. Évidemment, je ne le disais à personne, et surtout pas à la maîtresse !

Chapitre 2

M et A, ça fait MA

Le soir, je faisais la lecture avec Maman. Quand il y avait écrit MA, je disais PA, ou LU, au hasard. En tout cas, je ne lisais surtout pas ce qui était écrit ! Maman ne comprenait pas ce qui m'arrivait.

Elle disait doucement :

– Enfin, Maxime, ça commence comme ton prénom ! Alors, tu dois lire : MA. Allez, à toi.

Maman articulait MA, en remuant les lèvres comme un poisson hors de l'eau. C'était difficile de ne pas rigoler !

Et je disais timidement :

– Heu... LU ?

Un jour, quand même, Maman s'est énervée.

Elle a jeté mon cahier à terre en criant :

– Mais ce n'est pas possible ! Il est complètement abruti, ce gosse ! Enfin, Maxime ! M et A, ça fait MA !

Et elle est partie en claquant la porte.

Je me suis dit qu'elle allait renoncer à m'apprendre à lire. J'étais bien content. Je me suis allongé sur mon lit et j'ai pris une bande dessinée. Zut ! Je voyais des MA, des MI et des MO partout dans les bulles. Et je reconnaissais plein de mots ! J'ai fermé la bande dessinée comme si elle me brûlait les yeux.

Ce soir-là, Papa est rentré de son travail plus tôt que d'habitude. Il s'est assis sur mon lit avec un grand sourire :

– Ça va, mon grand ? Allez, ce soir, on fait les devoirs entre hommes.

Papa a ajouté, comme si c'était un secret :

– Et puis, tu sais, quand tu sauras lire, Pépé t'emmènera faire un tour en avion !

Et il a pris mon livre. On a commencé la page de lecture. Les syllabes s'alignaient, les unes derrière les autres : MA, MI, MO, MU. C'était difficile de ne pas les lire !

Je faisais tout mon possible pour dire n'importe quoi. Pour me forcer à me tromper, je repensais aux avions et à leurs pirouettes dans le ciel.

Papa semblait de plus en plus désespéré.

À la fin, il avait l'air d'un boxeur assommé. Le pauvre ! Il m'a fait de la peine quand il a tordu la bouche pour me sourire :

– Bon, on arrête là pour aujourd'hui, mon grand. Ce n'est pas mal... heu... pas mal du tout !

Et il s'est écroulé dans le canapé du salon.

Chapitre 3
Madame Plane

Mes parents ne m'ont plus parlé de lecture pendant une semaine. « Lire » était devenu un mot interdit à la maison. Papa et Maman chuchotaient entre eux. Ils me regardaient comme si j'étais un extra-terrestre.

Le dimanche est arrivé, et Papa m'a emmené à la piscine. Ça faisait des mois que je lui demandais d'y aller !

À notre retour, Maman avait préparé des crêpes. J'adore ça !

Et, le soir, au moment de me coucher, Maman est venue me lire une histoire. Puis elle m'a lancé un regard triste, comme si elle allait me quitter pour toujours.

Finalement, elle s'est lancée :

– Maxou, mon chéri, Papa et moi, nous ne comprenons pas pourquoi tu n'arrives pas à lire. Tu est pourtant intelligent ! Ta maîtresse nous a conseillé de demander un peu d'aide à quelqu'un. J'ai pris rendez-vous avec une dame, mardi prochain. Elle pourra peut-être nous dire ce qui ne va pas.

Mardi, Maman est venue me chercher à l'école. Nous nous sommes arrêtés devant un immeuble. Il y avait une plaque noire et dorée. J'ai lu le nom écrit dessus : Madame Plane, ORTHOPHONISTE.

Orthophoniste : avec un nom comme ça, je me demandais bien ce qu'elle allait me faire.

Nous sommes entrés dans une pièce remplie de jouets et de magazines.

Puis une dame nous a ouvert la porte de son bureau. Elle a dit :

– Maxime ? Bonjour, entre. Entrez, Madame.

Je me suis ratatiné sur une chaise. Et Maman a tout expliqué. Elle a parlé, long-temps, longtemps. Elle a tout raconté, même mes premiers biberons et mes rototos.

Puis, madame Plane a dit :

– Maintenant, Maxime va rester seul avec moi.

J'ai refait mon numéro à la dame. Je savais le faire de mieux en mieux. Enfin, madame Plane a rappelé Maman, et elle lui a dit :

– Écoutez, je crois que Maxime et moi nous avons besoin de travailler ensemble.

Elle a sorti un petit carton où elle a noté, sans rien dire : « Mardi, 18 heures. »

J'ai lu ce qu'elle avait écrit, et j'ai crié :

– Ah non ! Ce n'est pas possible ! Le mardi à 18 heures, je vais au tennis !

Madame Plane et Maman se sont regardées. Quand leurs yeux se sont braqués sur moi, j'ai senti que j'étais fichu.

Alors, j'ai tout raconté. Plus je parlais, plus Maman ouvrait des yeux ronds.

Madame Plane a dit :

– Mais enfin, si tu n'as pas envie de faire un baptême de l'air, ton pépé peut sûrement t'offrir un autre cadeau !

Un autre cadeau ! Je n'y avais même pas pensé. J'ai bafouillé :

– Et la tradition dont m'a parlé Pépé ?

Maman a éclaté de rire, madame Plane aussi. Elles rigolaient tellement qu'elles en avaient les larmes aux yeux. Maman a dit :

– Mais on s'en fiche, de la tradition !

Et c'est comme ça que j'ai appris à lire.

Mais, surtout, c'est comme ça que j'ai changé la tradition de la famille.

Cet été, je n'ai pas eu de baptême de l'air. Avec mon pépé, j'ai fait de la spéléo : on a exploré des grottes, c'était génial !

mes premiers j'aime lire

La collection des premiers pas dans la lecture autonome

 Se faire peur et frissonner de plaisir Rire et sourire avec

des personnages insolites Réfléchir et comprendre la vie de

tous les jours Se lancer dans des aventures pleines de

rebondissements Rêver et voyager dans des univers fabuleux

Un magazine pour découvrir le plaisir de lire seul, comme un grand!

Spécial CP/CE1

Grâce aux différents niveaux de lecture proposés dans chacun de ses numéros, *Mes premiers J'aime lire* est vraiment adapté au rythme d'apprentissage de votre enfant.

CHAQUE MOIS
- une histoire courte
- un roman en chapitres avec sa cassette audio
- des jeux
- une BD d'humour.

Autant de façons de s'initier avec plaisir à la lecture autonome!

Disponible tous les mois chez votre marchand de journaux ou par abonnement.

J'AIME LIRE

Les premiers romans à dévorer tout seul

 Se faire peur et frissonner de plaisir **Rire et sourire avec**

des personnages insolites **Réfléchir et comprendre la vie de**

tous les jours **Se lancer dans des aventures pleines de**

rebondissements **Rêver et voyager dans des univers fabuleux**

Le drôle de magazine
qui donne le goût de lire

- un roman inédit illustré
- des jeux pour s'amuser et être créatif
- la célèbre BD de Tom-Tom et Nana et bien d'autres surprises !

Disponible tous les mois chez votre marchand de journaux ou par abonnement.

Achevé d'imprimer en septembre 2005 par Oberthur Graphique
35000 RENNES – N° Impression : 6603
Imprimé en France